COLEÇÃO VOLTA AO MUNDO
FALANDO PORTUGUÊS

Contos de Timor-Leste

© 2025 – Todos os direitos reservados

GRUPO ESTRELA

Presidente: Carlos Tilkian

Diretor de marketing: Aires Fernandes

EDITORA ESTRELA CULTURAL

Publisher: Beto Junqueyra

Editorial: Célia Hirsch

Coordenadora editorial: Ana Luíza Bassanetto

Assistente editorial: Rafaela Verdan

Projeto gráfico e ilustrações: Roberta Nunes

Diagramação: Overleap Studio

Coordenação da coleção: Marco Haurélio

Revisão de texto: Luiz Gustavo Micheletti Bazana

Mapa: Shutterstock

Dados Internacionais de Catalogação na Publicação (CIP)
(Câmara Brasileira do Livro, SP, Brasil)

Contos de Timor-Leste / coordenação Marco Haurélio ; ilustrações Roberta Nunes. -- Itapira, SP : Estrela Cultural, 2025. -- (Volta ao mundo falando português)

Vários autores.
ISBN 978-65-5958-093-4

1. Contos - Coletâneas 2. Lusofonia 3. Países de língua portuguesa I. Haurélio, Marco. II. Nunes, Roberta. III. Série.

25-269410 CDD-808.83

Índices para catálogo sistemático:
1. Contos : Coletâneas : Literatura 808.83
Eliete Marques da Silva - Bibliotecária - CRB-8/9380

Proibida a reprodução total ou parcial, de nenhuma forma, por nenhum meio, sem a autorização expressa da editora.

1ª edição – Itapira, SP – 2025 – impresso no Brasil.
Todos os direitos de edição reservados à Editora Estrela Cultural Ltda.

Rua Roupen Tilkian, 375
Bairro Barão Ataliba Nogueira
CEP 13986-000 – Itapira/SP
CNPJ: 29.341.467/0001-87
estrelacultural.com.br
estrelacultural@estrela.com.br

COLEÇÃO VOLTA AO MUNDO FALANDO PORTUGUÊS

OLGA VICENTA FREITAS BOAVIDA, EPIFANIA SURI, MÓNICA DE ARAÚJO E NATALÍCIA MAGNO

Contos de Timor-Leste

Ilustrações: **Roberta Nunes**
Coordenação: Marco Haurélio

A lenda da ilha de Lorosa'e
(O menino e o crocodilo) ☙ **6**

O s três irmãos ☙ **13**

A filha do Sol e da Lua ☙ **28**

N oi de Mel ☙ **33**

A princesa Pomba e o príncipe Laku-Leki ☙ **39**

P osfácio ☙ **45**

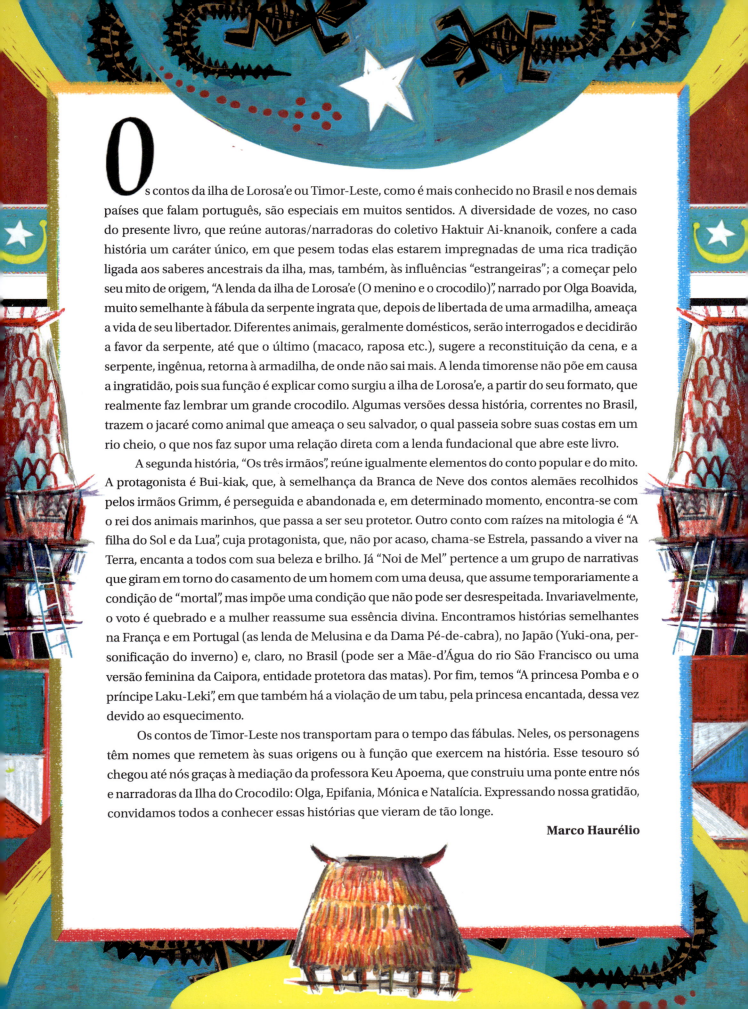

Os contos da ilha de Lorosa'e ou Timor-Leste, como é mais conhecido no Brasil e nos demais países que falam português, são especiais em muitos sentidos. A diversidade de vozes, no caso do presente livro, que reúne autoras/narradoras do coletivo Haktuir Ai-knanoik, confere a cada história um caráter único, em que pesem todas elas estarem impregnadas de uma rica tradição ligada aos saberes ancestrais da ilha, mas, também, às influências "estrangeiras"; a começar pelo seu mito de origem, "A lenda da ilha de Lorosa'e (O menino e o crocodilo)", narrado por Olga Boavida, muito semelhante à fábula da serpente ingrata que, depois de libertada de uma armadilha, ameaça a vida de seu libertador. Diferentes animais, geralmente domésticos, serão interrogados e decidirão a favor da serpente, até que o último (macaco, raposa etc.), sugere a reconstituição da cena, e a serpente, ingênua, retorna à armadilha, de onde não sai mais. A lenda timorense não põe em causa a ingratidão, pois sua função é explicar como surgiu a ilha de Lorosa'e, a partir do seu formato, que realmente faz lembrar um grande crocodilo. Algumas versões dessa história, correntes no Brasil, trazem o jacaré como animal que ameaça o seu salvador, o qual passeia sobre suas costas em um rio cheio, o que nos faz supor uma relação direta com a lenda fundacional que abre este livro.

A segunda história, "Os três irmãos", reúne igualmente elementos do conto popular e do mito. A protagonista é Bui-kiak, que, à semelhança da Branca de Neve dos contos alemães recolhidos pelos irmãos Grimm, é perseguida e abandonada e, em determinado momento, encontra-se com o rei dos animais marinhos, que passa a ser seu protetor. Outro conto com raízes na mitologia é "A filha do Sol e da Lua", cuja protagonista, que, não por acaso, chama-se Estrela, passando a viver na Terra, encanta a todos com sua beleza e brilho. Já "Noi de Mel" pertence a um grupo de narrativas que giram em torno do casamento de um homem com uma deusa, que assume temporariamente a condição de "mortal", mas impõe uma condição que não pode ser desrespeitada. Invariavelmente, o voto é quebrado e a mulher reassume sua essência divina. Encontramos histórias semelhantes na França e em Portugal (as lenda de Melusina e da Dama Pé-de-cabra), no Japão (Yuki-ona, personificação do inverno) e, claro, no Brasil (pode ser a Mãe-d'Água do rio São Francisco ou uma versão feminina da Caipora, entidade protetora das matas). Por fim, temos "A princesa Pomba e o príncipe Laku-Leki", em que também há a violação de um tabu, pela princesa encantada, dessa vez devido ao esquecimento.

Os contos de Timor-Leste nos transportam para o tempo das fábulas. Neles, os personagens têm nomes que remetem às suas origens ou à função que exercem na história. Esse tesouro só chegou até nós graças à mediação da professora Keu Apoema, que construiu uma ponte entre nós e narradoras da Ilha do Crocodilo: Olga, Epifania, Mónica e Natalícia. Expressando nossa gratidão, convidamos todos a conhecer essas histórias que vieram de tão longe.

Marco Haurélio

A LENDA DA ILHA DE LOROSA'E

(O MENINO E O CROCODILO)

POR OLGA VICENTA FREITAS BOAVIDA E NATALÍCIA MAGNO

Em tempos que já la vão, vivia em uma lagoa próxima ao mar um crocodilo. Ele passava a maior parte de seu tempo entre aquelas águas. Todos os dias ele nadava livremente entre o fundo da lagoa, suas bordas e o mar.

Os animais aquáticos — como peixes e caranguejos — eram a sua comida diária. Mas, com o passar do tempo, já mais velho, ele sentiu-se enjoado e, cansado de comer sempre a mesma coisa, desejou saborear animais terrestres.

Um dia, de manhã bem cedo, ele saiu da lagoa e caminhou em direção à mata. Queria caçar um veado, um porco ou uma ovelha para a sua refeição do dia.

Ele andou o dia inteiro. Passou pelas ribeiras, pelas colinas, pelo cafezal, pela várzea e, quando ficou cansado, decidiu descansar embaixo de uma árvore de sândalo.

Depois de descansar, continuou a procurar até que conseguiu enfim caçar um javali. Ficou muito feliz e satisfeito com a comida e, antes do pôr do sol, voltou para a lagoa decidido a caçar de novo.

Passado algum tempo, saiu novamente da lagoa em direção à mata, de barriga vazia. Desta vez, os animais de seus desejos eram o veado e o cabrito.

Passou o dia inteiro à procura e acabou por se afastar muito da lagoa onde vivia, sem encontrar nada para comer. Como se sentia muito cansado, além de ter muita fome e sede, decidiu voltar para a lagoa.

Mas já não tinha força, pois tinha ido muito longe. Mesmo assim, o velho crocodilo andou devagarzinho em direção à lagoa durante a noite inteira, cheio de tristeza.

Quando já estava próximo, quase na beira da lagoa, cansado demais, sem energia e esperança, não conseguiu avançar mais e fechou os olhos.

Naquela manhã, havia um menino que passeava pela lagoa, encantado com a paisagem, prestando atenção à cantoria dos pássaros e ao frescor das águas.

De repente, ele encontrou o velho crocodilo, sentiu pena dele e decidiu ajudá-lo. Puxou-o pela cauda com toda a força que tinha até a lagoa.

Passados alguns instantes, o crocodilo começou a mover-se.

O velho crocodilo abriu os olhos e notou que havia sido o menino quem o ajudara. Para agradecer à sua generosidade e boa vontade, o crocodilo fez-lhe um convite:

— Sempre que quiseres passear no mar, conta comigo!

O menino gostou muito da ideia e agradeceu ao crocodilo.

Daquele dia em diante, por diversas vezes, o velho crocodilo ofereceu o seu dorso ao menino. No decorrer das viagens, um e outro, os dois ficavam felizes, resultando em grande amizade.

Mas, certo dia, o crocodilo, que não comia havia muitos dias, pensou em devorar o menino.

Antes de comê-lo, porém, pediu a opinião de outros animais marinhos — como o caranguejo, a lagosta e a tartaruga. Todos eles responderam da mesma forma:

— Isso é uma grande injustiça, pois foi ele quem salvou a tua vida!
Depois de ouvir a opinião de todos, o crocodilo, envergonhado e arrependido, disse ao menino que ia levá-lo à mais bela viagem de todas, em direção ao disco de ouro.

Assim foi, rumaram em direção ao leste, ao nascer do sol. Mas, depois de algum tempo, o velho crocodilo, muito cansado, disse ao menino:

— Meu amigo, sinto muito, mas não tenho mais forças para seguir adiante!

De repente, seu corpo foi crescendo, crescendo, crescendo, até se transformar em uma ilha, a ilha Timor Lorosa'e, que significa o lugar onde o Sol nasce. O menino foi o seu primeiro habitante.

E até os dias de hoje, na ilha, o velho crocodilo é chamado de Avô *Lafa'ek*.

Lafa'ek: crocodilo

OS TRÊS IRMÃOS

POR NATALÍCIA MAGNO

Há muito tempo, havia três irmãos que viviam juntos em um palácio. O irmão mais velho não era casado, o irmão do meio havia se casado com uma princesa e o irmão mais novo, chamado Tuni-Luli, tinha como noiva Bui-kiak, uma moça que vinha de uma família muito pobre da aldeia próxima ao castelo.

Todos viviam felizes, convivendo harmoniosamente. Ou melhor, nem todos. A esposa do segundo irmão era uma mulher bonita,

vaidosa, mas muito preguiçosa e nem um pouco amável. E ciumenta, sobretudo por conta de um brilho que cada vez a irritava mais: Bui-kiak. A moça não gostava de ostentação, era diligente e solidária: sua maior alegria era ajudar os outros. Pouco a pouco, a humilde aldeã conquistou a simpatia de todos.

Não levou tempo para que Bui-kiak chamasse a atenção de todos os irmãos, que se encantavam cada vez mais com seu coração, que

pulsava bondade e amor puro. Seu brilho fazia sombra para a emburrada princesa. A cada dia, sua inveja aumentava: ao escutar qualquer notícia sobre a moça ou simplesmente ao vê-la, os olhos da princesa pareciam expelir ódio.

Por não conseguir mais suportar a presença de Bui-kiak, a princesa pôs-se a imaginar um jeito de se livrar dela. Não pensava em outra coisa. Com isso, começou a pensar em um plano para afastá-la para sempre do palácio. Até que surgiu o momento propício para a princesa invejosa livrar-se da moça, que não parava de pulsar alegria e suspiros por onde passava.

Certo dia, o irmão mais velho decidiu fazer uma viagem pela montanha. Ao saber disso, a princesa foi até seu marido e Tuni-Luli, sugerindo a eles que acompanhassem o irmão na breve viagem, que duraria alguns dias. Ambos concordaram. Assim, no despertar de um novo dia, quando o Sol espreguiçava, esticando seus raios até o alto da montanha, os três partiram em viagem. No palácio, ficaram apenas a princesa, Bui-kiak e os servos.

Era a oportunidade pela qual a invejosa princesa tanto esperou: a delicada moça seria levada para longe do palácio. Para executar seu plano malévolo, a princesa contou com a ajuda dos seus servos. Assim que o dia amanheceu, ela aproximou-se de Bui-kiak e disse:

— Hoje gostaria de passear, porque já estou aborrecida de ficar tanto tempo entre as paredes do palácio.

— Está bem! — Bui-kiak respondeu. — Fico muito contente, pois há muito tempo nós não andamos juntas.

As duas partiram em seguida em uma carruagem puxada por cavalos e acompanhada por pajens. Ao longo do caminho, contaram histórias, conversaram, trocaram sorrisos, sem que Bui-kiak desconfiasse das intenções da princesa fingida. Pouco a pouco, Bui-kiak notou que elas estavam muito longe do palácio. Preocupada, indagou à princesa:

— Princesa, para onde vamos?

— Nós vamos a um lugar muito especial, que você jamais viu — respondeu, sem olhar nos olhos da moça.

— Oh! — Bui-kiak murmurou com um doce sorriso.

Quando chegaram a uma floresta fechada, que parecia esconder o Sol de dia e as estrelas à noite, pararam a carruagem. A princesa olhou para Bui-kiak e disparou:

— Este é o lugar do qual eu falei!

Bui-kiak, assustada, pensou: "Hoje a princesa disse que íamos para um lugar muito bonito, mas por que viemos para este lugar tão escuro?".

Naquele momento, a princesa empurrou Bui-kiak para fora da carruagem e gritou:

— Tu mereces morar aqui! Só podes brilhar nessa escuridão. O palácio não é o seu lugar!

Estirada no chão, enquanto tentava levantar-se, Bui-kiak, sem acreditar no que estava acontecendo, perguntou, sem perder sua doçura:

— Será que eu fiz algum mal para ti? Por que fazes isso comigo?

A princesa não deu mais ouvidos a Bui-kiak, virando-lhe as costas e ordenando que a levassem imediatamente ao palácio. Bui-kiak foi deixada sozinha na mata densa.

No meio do caminho, a princesa ordenou aos seus servos que não contassem aos três irmãos e a ninguém dentro e fora do palácio sobre o destino de Bui-kiak. Temendo punições, todos a obedeceram, mantendo-se calados.

Alguns dias depois, os três irmãos voltaram da montanha. Quando chegaram ao palácio, de longe, a princesa correu até eles e abraçou seu marido. Ao ver que Bui-kiak não aparecia, Tuni-Luli perguntou à princesa:

— Onde está a minha noiva?

Fingindo-se surpresa, ela respondeu:

— Poucos dias após a partida de vocês à montanha, Bui-kiak decidiu segui-los, dizendo estar com muitas saudades do amado Tuni-Luli. Eu não queria deixá-la ir, mas quem disse que ela me deu ouvidos? Mas não me preocupei, pois julgava que ela regressaria com vocês!

Tuni-Luli ficou preocupado e partiu imediatamente para a montanha à procura da sua noiva. O único sinal de vida humana que podia notar eram os ecos dos seus gritos. Desesperado, berrava cada vez mais alto. Conhecedor da montanha e da floresta, o príncipe vasculhou todos os caminhos. Visitou outras aldeias, procurou, procurou, mas nada de encontrar sua amada.

Enquanto isso, Bui-kiak tentava entender o que havia acontecido. Triste, sentia-se abandonada. A partir da floresta, ela andou dia e noite sem saber para onde ir. Andou tanto que, certo dia, chegou ao mar.

Cansada, ela seguiu em direção à praia e sentou-se na areia, próxima às ondas, a pensar naquilo que a princesa lhe fizera e nas saudades que sentia do marido amado. O som ritmado do mar a levou a cantar:

Tuni-Luli, Ó iha ne'ebé? / **Ha'u buka hela Ó.** / **Tuni-Luli, Ó iha ne'ebé?** / **Ha'u buka hela Ó.:**
"Tuni-Luli, onde está? / Estou à tua procura. Tuni-Luli, onde está? / Estou à tua procura" (tétum, língua nativa de Timor-Leste)

Tuni-Luli, Ó iha ne'ebé?

Ha'u buka hela Ó.

Tuni-Luli, Ó iha ne'ebé?

Ha'u buka hela Ó.

Sem resposta, levantou-se e começou a andar sem direção a cada passo. Sem encontrar ninguém, sem encontrar respostas para entender

por que fora deixada sozinha, Bui-kiak sentia-se mais triste. Seus pés ficaram feridos por causa da areia quente e, ainda assim, ela continuou a andar. Caminhava sem parar. Passo após passo, nada mais avistava senão a imagem do noivo para quem cantava, sempre a chorar:

Tuni-Luli, Ó iha ne'ebé?

Ha'u buka hela Ó.

Tuni-Luli, Ó iha ne'ebé?

Ha'u buka hela Ó.

De repente, em meio a uma das suas cantorias, apareceu ao seu lado um peixe muito grande que, ao chegar às margens da praia, perguntou-lhe:

— Por que choras!?

Ao vê-lo, Bui-kiak caiu ainda mais em lágrimas. Compadecido, o peixe aconselhou-a:

— Não chores! Anda! Segue adiante! — bradou para desaparecer logo em seguida.

Bui-kiak respirou fundo, levantou-se e continuou a andar e a cantar:

Tuni-Luli, Ó iha ne'ebé?

Ha'u buka hela Ó.

Tuni-Luli, Ó iha ne'ebé?

Ha'u buka hela Ó.

Depois de algum tempo, apareceu outro peixe, tão grande como o primeiro, que também lhe perguntou:

— Por que choras?

Dessa vez, Bui-kiak contou tudo o que a princesa fizera a ela, dizendo também que não sabia para onde ir, que já andava havia muitos dias e que estava exausta e triste. Seus pés estavam doloridos

e o rosto inchado de tanto chorar. Ao escutar sua história, o peixe deu um novo conselho:

— Limpe suas lágrimas, Bui-kiak! Não chores mais, siga um pouco mais adiante e encontrará o nosso rei; ele a ajudará.

Bui-kiak acreditou nas palavras do peixe e seguiu em diante. Andou, andou, andou, até não aguentar mais e cair no chão. Esgotada, espalhara-se pela areia, até que surgiu, entre as ondas do mar, um peixe gigante, muito maior do que os dois que haviam falado com ela. Era o rei dos animais no mar. Ao vê-la, ele transformou-se em um homem vistoso com um olhar vivo que a fitava com um brilho mais intenso que o do Sol. Sem dizer nada, colocou-a no colo e levou-a para uma caverna, onde vivia. Acomodou-a confortavelmente em uma superfície macia onde ela pôde contar sua história. Emocionado com o relato da moça, o rei dos peixes aqueceu-a, alimentou-a e cuidou de suas feridas.

Com o tempo, Bui-kiak curou-se e também se esqueceu das dores do passado. Ela começou a admirar aquele homem até que eles se apaixonaram, casaram-se e passaram a viver juntos naquela mesma caverna, próxima ao mar.

Tempos depois, os peixes reclamaram:

— Tu és o nosso rei, tens poderes mágicos e já te casaste. Não devem morar neste lugar! Merecem uma morada mais bela!

Ao ouvir os seus súditos, o rei dos peixes concordou. Então, utilizando seus poderes mágicos, ordenou:

— Eu quero um bonito palácio!

De repente, no lugar da caverna, apareceu um palácio colorido, que irradiava luz e paz para todos. E ali rei e rainha começaram a construir sua família. O palácio emanava a bondade e a alegria de Bui-kiak. Depois de algum tempo, tiveram um filho, a quem chamaram de Tuni-Luli.

Os anos se passaram. Tuni-Luli, depois de muito procurar, perdeu as esperanças de reencontrar sua noiva. Os três irmãos empobreciam a cada dia. Como castigo, a riqueza parecia ser tragada por causa da má atitude da princesa, até que ficaram sem ter o que comer e o que vestir. Miseráveis, resolveram sair pelo mundo em busca de melhor sorte, acompanhados da princesa que tanto mau agouro atraíra para o palácio agora em ruínas. Perambularam ilha afora até que, um dia, os três irmãos e a princesa avistaram o palácio do rei dos peixes e de Bui-kiak.

O palácio reluzia alegria. O trio de irmãos e a princesa resolveram pedir ajuda. Há muitos dias que andavam, estavam famintos e cansados. De longe, Bui-kiak logo os reconheceu e pediu ao seu filho para recebê-los, dar-lhes comida e roupa. Agradecidos, eles pediram para conhecer o senhor e a senhora daquele palácio.

Levados à presença de Bui-kiak, ficaram muito surpresos ao saberem que a antiga noiva de Tuni-Luli estava viva e que era a senhora daquele lugar, a esposa e rainha do rei dos peixes. Arrependida, a princesa pediu-lhe perdão pelo que havia feito a ela. Bui-kiak, segurando suas mãos com firmeza e doçura, disse que a perdoava e que não se preocupasse mais com o passado. Completou, falando para que seguisse o seu caminho e que agora tudo haveria de melhorar.

A Tuni-Luli, que a olhava sem entender o que estava acontecendo, de coração partido, Bui-kiak apresentou seu filho dizendo:

— Dei a ele teu nome em homenagem ao quanto eu te amava. Mas agora encontrei o rei dos peixes, que me acolheu, fazendo-me rainha. Eu o amo e o estimo.

Após apresentar a todos o rei dos peixes, concluiu fitando Tuni-Luli e depois o quarteto todo:

— Desejo que também sejas feliz. Desejo também a todos que sejam tão felizes quanto eu sou agora.

Após despedirem-se, em clima de muita emoção, os três irmãos regressaram para a sua aldeia, reconstruíram o palácio, plantaram roças e voltaram a prosperar. A princesa, envergonhada pelo que fizera, saiu do palácio e foi viver em outro reino. Tuni-Luli casou-se outra vez e teve muitos filhos e filhas. O irmão mais velho, até onde se sabe, ficou solteiro até o fim de seus dias.

E, ao lado do rei dos peixes, Bui-kiak e sua família viveram felizes para sempre.

A FILHA DO SOL E DA LUA

POR NATALÍCIA MAGNO E MÓNICA DE ARAÚJO

Antigamente, a Lua e o Sol tinham uma filha chamada Estrela.

Certo dia, o pai e a mãe lhe perguntaram:

— Queres ir passear com a mãe ou com o pai?

— Quero ir só com o pai — respondeu Estrela.

— É melhor ires com a mãe, porque com o pai tu não vais aguentar quando passar das 10 horas — disse o Sol.

— Pai, por que é que não vou aguentar? Eu quero ir com o pai!

A filha insistiu, convencendo o casal. Sol e Estrela partiram na manhã seguinte, muito cedo. Mas ainda não eram nem 10 horas e já fazia muito calor. Sol falou:

— O que foi que eu te disse?

— Eu estou a ver, pai, uma fonte lá embaixo — Estrela disse. — É melhor jogar-me ali, para que eu possa me refrescar, não aguento mais esse calor.

Com pena da filha, o pai jogou-a em direção à fonte, porque sabia que ela não aguentaria por muito tempo o calor. Contudo, Estrela não chegou até a água e acabou pendurada no ramo de uma árvore.

Uma senhora que trabalhava na casa do rei e estava por ali a buscar água escutou um grito:

— Socorro! Socorro!

Ao olhar para cima, a senhora viu a criança pendurada. Ela ajudou-a a descer, levando-a para casa. Chegando lá, apresentou-a ao rei daquele lugar e explicou:

— Eu a encontrei suspensa entre os ramos da árvore, na parte mais alta. Estava sozinha, sem ninguém.

O rei, que não tinha filhas, encantado com a beleza da menina, indagou:

— Como te chamas?

— Eu me chamo Estrela.

O rei mandou chamar a rainha para que conhecesse tão bela criatura, perdida por suas terras.

A rainha ficou igualmente deslumbrada com a menina. O rei, decidido, então disse:

— Agora temos de cuidar da menina como se fosse nossa filha.

Eles logo perceberam que ela não era uma criança como as outras. Aquela menina tinha um brilho especial. Uma semana depois, quando o filho do rei voltou da caça, conheceu Estrela. Admirado ao ver a menina, quis saber a origem de Estrela:

— Pai e mãe, ela veio de onde?

Eles explicaram que uma senhora a encontrara pendurada em uma árvore e, como ela estava sozinha, sem ninguém, agora eles cuidavam dela como se fosse sua filha.

— Então, agora tenho uma irmã mais nova! — disse o filho do rei, não se contendo de tanta alegria.

No dia seguinte começaram a brincar juntos. O filho do rei tinha por ela muito afeto e carinho. Mas não tardou em Estrela sentir muitas saudades dos pais. Como estariam o Sol e a Lua? Certa noite, quando ela dormiu, sonhou que eles estavam a lhe visitar. A Lua disse-lhe:

— Filha, não te preocupes demais conosco. Mesmo distantes, sempre cuidamos de ti e te ajudamos.

O Sol acrescentou:

— O pai sempre vem acompanhar-te em qualquer lugar: na caça e quando brincas com o teu irmão. Quando é dia, saibas que lá em cima encontrarás o teu pai. Quando for de noite, tu olhas para o céu e lá encontrarás a tua mãe. E os teus milhões de companheiros vão acompanhar-te durante toda a noite.

Assim que Estrela acordou do sonho, contou-o para o seu irmão, que lhe acalentou, dizendo que seus pais estariam sempre de vigília, protegendo-a onde quer que ela fosse. E completou:

— Embora eles estejam longe daqui, também nos ajudarão a cuidar de ti.

Estrela olhou para o céu e sorriu, abraçando o irmão. Seguiu pelos tempos com os pés na terra, sentindo-se protegida pelos pais, dia e noite. E, assim, ela e sua nova família viveram felizes para sempre.

Em tempos que já lá vão, vivia no alto de uma montanha, sozinho, um jovem. Todos os dias ia à horta. Por volta do meio-dia, depois do almoço, costumava semear ou colher mel em uma colmeia que ficava ali perto. E, ao final da tarde, voltava para casa.

Nada mudava. Era sempre o mesmo costume. Antes que o galo cantasse, ele acordava e cozinhava seu *bukae* para levar à horta. Ao chegar lá, trabalhava normalmente. Em torno de meio-dia, almoçava. Em seguida, colhia mel e, no final da tarde, voltava para casa. Colocava o mel que colhera em um *bambu*, guardava-a em um caixote junto às suas roupas, tomava banho em água quente e, por fim, preparava o seu jantar e dormia. No dia seguinte, começava tudo de novo. Era o mesmo ritual.

No entanto, certa tarde, chegou em casa, abriu a porta e ficou surpreso, pois havia um jantar pronto, com muita comida, em cima de um *hadak*. Também havia água quente para que tomasse banho. Ele estranhou muito, afinal, vivia sozinho naquele lugar.

Como havia trabalhado o dia inteiro e estava muito cansado, não se preocupou com quem tinha preparado tudo aquilo para ele. Tomou banho com aquela água quente, jantou aquela comida e dormiu.

bukae: *comida levada para um lugar distante*

bambu: *garrafa típica timorense*

34

Na manhã seguinte, como de costume, acordou, cozinhou seu *bukae* e foi para a horta. Quando lá chegou, trabalhou como todos os dias: limpou o terreno, retirou as pedras, cavou a terra e semeou-a com sementes de milho.

À hora do almoço, comeu, descansou um pouco e, depois, levantou-se para colher mel. Como de costume, ao final da tarde, voltou para casa. Outra vez, ao abrir a porta, surpreendeu-se, pois ali estava o jantar pronto e a água aquecida para que tomasse banho, como na noite anterior.

Outra vez, como estava exausto e com fome, não se perguntou quem lhe preparara tudo aquilo. Tomou banho, comeu e dormiu. E isso aconteceu por seis noites seguidas. Até que ele decidiu descobrir o que estava acontecendo. Assim, no sétimo dia, ele decidiu ir à horta muito mais cedo e voltar também muito mais cedo para tentar desvendar aquele mistério.

Assim fez, acordou antes de o Sol nascer, foi à horta e, antes do pôr do sol, voltou para casa. Ao se aproximar, caminhou devagar até a porta e ficou surpreso ao encontrar uma jovem bonita, de cabelos negros compridos, alta e morena. Cheio de alegria, foi até ela, segurou a sua mão e disse:

— Então é você quem me prepara o jantar todas as noites? Quem é você? E de onde vem?

— Sim, sou eu. Eu sou o mel que guardou na garrafa, dentro do caixote, junto com suas roupas. — Respondeu ela com o sorriso mais doce do mundo.

Quando soube que seu mel se transformava em uma jovem tão graciosa e solidária, apaixonou-se imediatamente e pediu a ela que fosse esposa.

Ao ouvir o pedido do rapaz, emocionada, olhou em seus olhos e aceitou-o. Casaram-se e, depois de algum tempo, tiveram um filho.

Quando a criança nasceu, o milho já tinha crescido e estava pronto para ser colhido. Certa manhã, a mulher foi à horta para colher o milho e o marido ficou em casa para cuidar do filho.

Por volta do meio-dia, o bebê começou a chorar de fome. Então, o marido começou a chamar sua esposa com um canto:

Noy Bani-Been,

oh, Noy Bani-Been

Bebé tanis, bebé tanis.

Noy Bani-Been,/ oh, Noy Bani--Been / Bebé tanis, bebé tanis.
"Noi de Mel / oh, Noi de Mel / O bebê está a chorar, o bebê está a chorar."

Na horta, a mulher que colhia o milho ouviu a canção e respondeu melodicamente:

Tau matan ba nia,

Ha'u silu hela batar.

Tau matan ba nia, / Ha'u silu hela batar.
"Cuida dele, / Estou a colher o milho."

Mas o bebê não parou de chorar e o marido chamou outra vez:

Noy Bani-Been,

oh, Noy Bani-Been

Bebé tanis, bebé tanis.

Ela voltou a responder:

Tau matan ba nia,

Ha'u silu hela batar.

O marido chamou-a três vezes. Mas o bebê continuou a chorar e ele ficou impaciente e furioso. Passaram-se algumas horas e, finalmente, a mulher voltou da horta. Nervoso como nunca se mostrara, o marido reclamou aos gritos:

— Por que não voltaste para acudir nosso filho?

A mulher, decepcionada com tanta brutalidade e chorosa, largou na entrada da casa o *bote* cheio de milho em um *hadak*. Entrou em casa, pegou seu filho no colo, levou-o para fora e sentou-se em uma pedra, dando de mamar ao menino. De repente, transformaram-se cada qual em um enxame de abelhas, que se afastaram dali para nunca mais voltar.

O homem então voltou a viver sozinho e, agora, triste. E arrependido como nunca.

bote: *cesto*

hadak: *mesa feita de bambu*

A PRINCESA POMBA E O PRÍNCIPE LAKU-LEKI

POR EPIFANIA SURI

Há muito tempo, um jovem príncipe chamado Laku-Leki reinava na Terra. Ele era um rapaz muito diligente e senhor de muitos reinos. Mandava o seu povo trabalhar nas várzeas para cultivarem *neli* e nas *hortas* para cultivarem milho e mandioca. Ele também adorava criar búfalos e tinha um grande *criame* de peixes.

No entanto, na época da colheita do arroz, havia sempre várias aves, como andorinhas, *loriku* e *lakateu**, que tentavam arranjar alimento nos campos.

Para evitar que as aves comessem todo o arroz, o príncipe ordenou ao seu povo que cuidasse e vigiasse as várzeas.

Num dia de calor, quando Laku-Leki passeava pelas suas terras, sentiu necessidade de fazer xixi e decidiu fazê-lo na boca de um regato que ficava perto das várzeas.

Nesse dia, uma *lakateu* que veio tentar comer arroz não o conseguiu apanhar por ter visto o Laku-Leki. Só conseguiu se refrescar no regato, sem saber que a água já estava contaminada com o xixi do príncipe.

Passado algum tempo, na época da reprodução, a *lakateu* pôs apenas um ovo. Quando chegou o tempo de sair do ovo um pequeno *lakateu*, o mesmo transformou-se em uma menina morena e graciosa. Com o passar

---

neli: *arroz*
hortas: *horta, no português de Timor-Leste, tem o sentido de "roça"*
loriku: *papagaio*
lakateu: *rola ou pomba*

No tétum, o plural se forma acrescentando-se o termo **sira. Por exemplo, **loriku** (papagaio) no plural se torna **loriku sira** (papagaios). Em geral, quando se insere uma palavra em tétum em um texto em português, mesmo que seja um termo no plural, opta-se por colocar seu nome simples em tétum sem a partícula **sira**, como no texto. O mesmo vale para o termo **lakateu**.*

do tempo, ela cresceu e tornou-se uma jovem de uma beleza incomparável, com um rosto que expressava muita alegria de viver, ornado com cabelos pretos e compridos. Ela e sua mãe moravam no topo de uma árvore.

Todos os dias a *lakateu* ia procurar comida. Quando saía de casa, sempre avisava a filha para não se pentear durante o dia. Até lhe sugeriu que se penteasse à noite para que ninguém a descobrisse.

Mas, um dia, quando a *lakateu* saiu, a filha esqueceu-se do conselho da mãe e penteou-se de dia. Naquele mesmo instante, o príncipe Laku-Leki, que tinha ido cuidar dos seus bufálos na mata, sentiu muito calor e deitou-se debaixo de uma árvore para descansar.

Quando olhou para o topo da árvore, viu a moça que estava a pentear os seus cabelos. O coração dele disparou, batendo cada vez mais forte. Não resistiu e quis conhecê-la. No entanto, era difícil demais chegar até ela porque a árvore era muito alta. O príncipe decidiu, então, subir através dos cabelos da moça. Quando lá chegou ela ficou surpreendida por ver o jovem. Assustada, perguntou-lhe:

— Quem és tu? De onde vieste?

— O meu nome é Laku-Leki e sou príncipe desta terra — respondeu.

Os olhares dos jovens entrelaçaram-se como se fossem os cabelos da moça ao som acelerado dos seus corações, que batiam no mesmo ritmo.

O Sol começava a pôr-se no mar. A jovem lembrou-se da sua mãe. Sabia que ela já devia estar quase voltando para casa. Com medo de que a mãe descobrisse o jovem, desatou rapidamente os seus cabelos para mandar o príncipe descer da árvore. Quando a mãe chegou, ele já tinha ido embora.

Em casa, a mãe pressentiu algo diferente e desconfiou que alguém tinha estado lá.

Perguntou à filha:

— Veio alguém aqui?

— Não, mãe. Ninguém veio. — A princesa estava com muito medo de a mãe descobrir que ela a havia desobedecido.

À noite, quando a jovem ia dormir, pensava sempre no príncipe e imaginava quando o iria encontrar de novo.

Passados alguns dias, quando a mãe saiu para, novamente, procurar comida, a princesa desatou outra vez os seus cabelos para penteá-los. O príncipe, que andava por ali, à espera de outra oportunidade para encontrar a bela moça, aproveitou para subir à árvore e dali fugiram para o palácio.

Quando a mãe regressou à casa, ela já não estava lá. A mãe sentiu-se muito aflita e desesperada. Voou a procurá-la em todas as direções e em todos os cantos. Por fim, encontrou uma *kakatua* e perguntou-lhe:

— Vistes a minha filha?

— Não, não a vi.

Continuou a voar e encontrou o *Ai-kasi*, a quem perguntou:

Ai-kasi:
Acácia

— Vistes a minha filha?

Ai-kasi respondeu:

— Não, não a vi.

43

A mãe *lakateu* procurou durante sete dias e sete noites, mas não encontrou a sua filha. Voava de lugar em lugar à procura da sua princesa e enquanto voava, cantava.

Ela cantava a música sete vezes.

Um dia, quando voava junto ao palácio, a filha ouviu-a e percebeu que era a mãe à sua procura. Ao olhar pela janela, avistou-a. A moça abriu a janela para a mãe entrar no seu quarto. Antes que iniciassem uma longa conversa, a mãe lhe disse:

— Eu procurei-te durante sete dias e sete noites e não te encontrei. Finalmente hoje encontramo-nos. Quero que saibas que tenho muitas saudades de ti.

Elas abraçaram-se e choraram. A filha pediu desculpas à mãe.

— Mãe, peço muitas desculpas! Eu também tenho saudades suas.

Nesse instante, Laku-Leki entrou no quarto. A mãe, de imediato, falou ao príncipe:

— Sou a mãe da sua princesa e ela é a minha única filha, por favor cuida dela.

Depois de o casal acolher o doce pedido da mãe, ela, aliviada por ter encontrado a filha feliz, voou e foi viver na sua casa. E, no palácio, o príncipe e a princesa viveram juntos e felizes para sempre.

A história de Timor-Leste (Timor Lorosa'e) é marcada por muita resistência e luta pela preservação das raízes culturais desse território, que ocupa a parte oriental e mais um pequeno enclave na porção oeste da Ilha de Timor. A parte ocidental faz parte da Indonésia, no Sudeste Asiático, atualmente um dos países mais populosos do mundo. Essa parte leste pertenceu a Portugal a partir do século XVI, com o desembarque de mercadores e missionários portugueses. Àquela época a população local era organizada em pequenos estados, reunidos em duas confederações: Servião e Belos, que praticavam religiões animistas. A influência religiosa ocidental fez com que a região não praticasse o islamismo, tão característico nas ilhas vizinhas. A porção ocidental foi colonizada pelos holandeses, que fixariam uma fronteira com o Timor Português. Em 1945, a Indonésia proclamou sua independência, passando o Timor Ocidental a fazer parte dessa nova nação.

Em 1974, com a Revolução dos Cravos em Portugal, o país europeu abriu espaço para a independência de suas colônias, como de fato ocorreria em pouco tempo na África. O Timor Português caminhava também para sua autonomia quando foi invadido pela Indonésia, que se manteria nessas terras por cerca de 25 anos. Um movimento de resistência, sob a liderança da Frente Revolucionária de Timor-Leste Independente (Fretilin), consolidou-se na região, lutando pela independência de Timor-Leste. Cerca de um terço da população, ou seja, mais de 250 mil pessoas, morreu na guerra contra o domínio indonésio. Nesse período, o português foi proibido como língua (há relatos de assassinatos de professores que ensinavam a língua portuguesa) e o tétum (língua nativa) foi

desencorajado. A repressão foi tanta que, finalmente, chamou a atenção da imprensa internacional. Em 1996, José Ramos-Horta e o bispo de Dili (capital de Timor-Leste) receberam o Prêmio Nobel da Paz pela defesa dos Direitos Humanos e da independência desse território.

Em 1999, foi feito um referendo, tendo grande parte do povo timorense aprovado a restauração da independência do país, que já fora proclamada em 1975. Todo esse processo foi conduzido pelas Nações Unidas, sob a liderança do embaixador brasileiro Sérgio Vieira de Mello. Ao lado do tétum, o português foi escolhido como língua oficial do novo país. Com isso, temos hoje uma jovem nação, que fala português do outro lado do mundo (a diferença de fuso horário é de 12 horas em relação a Brasília).

A população, majoritariamente católica e de origem malaio-polinésia e papua, é de pouco mais de 1 milhão de habitantes (Censo em 2010). O Timor-Leste ocupa uma área de 15 mil quilômetros quadrados, onde predomina um clima quente e úmido, caracterizando-se pela abundância de árvores de teca, sândalos, coqueiros e eucaliptos. A capital e principal centro econômico do país é a cidade de Díli, com pouco mais de 150 mil habitantes. A economia dessa nação lusófona está baseada na produção e comercialização de cacau, café, cravo e coco. Mas recentemente foram encontradas grandes reservas de petróleo e gás natural. No passado, o sândalo era o que mais atraía os colonizadores, sobretudo para a produção de móveis e perfumes.

Fonte de pesquisa:
GOVERNO DE TIMOR-LESTE. Disponível em: https://timor-leste.gov.tl/. Acesso em: 6 maio 2025.

OLGA VICENTA FREITAS BOAVIDA – *Autora*

Filha de pais timorenses, nasceu em Ossoguigui, Timor-Leste. Em 2012, mudou-se para Díli, onde concluiu sua licenciatura. Em 2014, com colegas e o apoio de docentes, fundou o grupo Haktuir Ai-knanoik/Contadores de Histórias, dedicado à narração de histórias. Hoje, é presidente do grupo e coordena vários projetos voltados ao tema. É autora de "Noi de Mel" e "A lenda da ilha de Lorosa'e (O menino e o crocodilo)".

EPIFANIA SURI – *Autora*

Filha de pais timorenses, nasceu por acaso em Pekanbaru, Indonésia. Aos 2 anos, mudou-se com os pais para Timor-Leste. Desde 2000, vive e estuda em Talitu. Em 2021, ingressou no grupo Haktuir Ai-Knanoik. Hoje, trabalha como docente no Instituto São João de Brito (ISJB), em Liquiçá, e contribui para o desenvolvimento acadêmico e institucional da universidade. É autora de "A princesa Pomba e o príncipe Laku-Leki".

MÓNICA DE ARAÚJO – *Autora*

Filha de pais timorenses, nasceu em Ermera, Timor-Leste. Aos 6 anos, mudou-se para Díli, onde concluiu sua formação acadêmica. Durante seu percurso acadêmico, descobriu a arte de contar histórias e ingressou no grupo Haktuir Ai-Knanoik, no qual participou ativamente entre 2014 e 2018. Desde 2014, atua como contadora de histórias, transmitindo narrativas tradicionais e contemporâneas para diferentes públicos.

NATALÍCIA MAGNO – *Autora*

Filha de pais timorenses, nasceu em Ainaro. Mudou-se para a cidade em 2011 para cursar a universidade. Agora vive em Díli. É vice-presidente do grupo Haktuir Ai-Knanoik e coordenadora da Formação em Contação de Histórias, entre outras funções. É autora de 5 livros e participa em coletâneas. Define-se como "uma cidadã que preserva e transmite as narrativas e lendas de sua cultura, valorizando a sabedoria ancestral".

ROBERTA NUNES – *Ilustradora*

Roberta Nunes é *designer* formada pela UFRJ e especialista em literatura infantojuvenil pela UFF. Atua como *designer*, ilustradora e quadrinista. Pela Estrela Cultural, ilustrou as obras *Grande circo favela* e *Guardiãs de memórias nunca esquecidas*, ambas de Otávio Júnior; e *Olha aqui o Haiti*, de Márcia Camargos e Carla Caruso, obra selecionada para compor a Biblioteca da ONU no tema "Combate à desigualdade social".

MARCO HAURÉLIO – *Coordenador da coleção*

Escritor, professor e divulgador das tradições populares, tem mais de 50 títulos publicados, a maior parte dedicada à literatura de cordel, gênero que conheceu na infância, passada no Sertão baiano, onde nasceu. Finalista do Prêmio Jabuti em 2017, em sua bibliografia destacam-se ainda *Meus romances de cordel*, *O circo das formas*, *Tristão e Isolda em cordel*, *A jornada heroica de Maria* e *Contos e fábulas do Brasil*.